Autobiographisches

Gottfried Keller

Ich bin im Jahre 1819 geboren. Mein Vater war ein Drechslermeister, von Glattfelden gebürtig, welcher sich in Zürich niederließ, ein aufgeweckter und wohlmeinender Mann; leider starb er schon, als ich kaum fünf Jahr alt war. Meine Mutter schickte mich in mehrere Schulen, zuletzt in die eben eröffnete Kantonsschule. Ich kam aber nicht weiter als bis in die dritte Klasse der untern Abteilung der Industrieschule, indem ich infolge von Unordnungen und Auftritten, welche sich die ganze Klasse gegen einen mißbeliebten Lehrer zuschulden kommen ließ, ziemlich unbegründet als Sündenbock ausgejagt wurde. Hierdurch wurde ein für allemal meine Schulerziehung abgeschnitten; denn meine Mutter hatte nicht die Mittel, mich in ein Privatinstitut unterzubringen. Wenn ich auch in der Schule nur in einem oder zwei Lieblingsfächern, z.B. in den sprachlichen, fleißig und eifrig gewesen war, so war ich doch während der Zeit außer der Schule immer vollauf beschäftigt; ich trieb eine heimliche unbewußte Schriftstellerei, welche in Dramatisierung der in der Schule vorkommenden geschichtlichen Aufsätze und den herkömmlichen Robinsonaden bestand. Mehr noch nahm mich eine wunderliche Malerei in Anspruch: was ich nur von Nürnberger Kinderfarben auftreiben konnte, wurde zur Nachbildung von Morgen- und Abendrot und anderer Himmelseffekte angewendet, welche dazumal meine Phantasie aufs dringendste beschäftigten. Eine Art von autodidaktischer Gewandtheit, die ich darin erlangte, erregte den sehnlichsten Wunsch in mir, Maler zu werden, und so kam es, daß ich nach meiner Ausweisung aus der Schule es durchsetzte. Da meine Mutter aber gerade so wenig Einsicht als ich selbst in den Gang einer künstlerischen Ausbildung hatte und überdies von allem guten Rat entblößt war, so kam ich in die Hände unfähiger Leute, welche keinen Begriff von dem wahren Wesen der Kunst hatten. Ehe ich einen vernünftigen Strich zeichnen konnte, begann ich, meinem angeborenen Produktionstrieb folgend, allerlei Landschaften zu komponieren und derlei dummes Zeug zu treiben; man ließ mich aus Mangel an eigener Kenntnis und daher auch aus Mangel an Autorität gewähren, und ehe ich mich besann, war ich zwanzig Jahre alt geworden, ohne eigentlich etwas Rechtes zu können. Von Verdienen war keine Rede, denn bei aller Ungeschicklichkeit hatte ich immer einen unbändigen Künstlerstolz und wollte nichts beginnen, was nicht meinen inneren Wünschen und Begriffen entsprach.

Im Jahre 1840, als ich doch das Mißliche meiner Stellung bedenklich zu finden anfing, entschloß ich mich zu einem neuen Anfange. Ich ging mit einigen hundert Gulden, welche ich von väterlicher Seite her ererbt hatte, nach München. Die deutsche Kunst, welche hier einen Hauptsitz hat, machte gleich zu Anfang einen gewaltigen Eindruck auf mich, und mein Geschmack bildete sich ziemlich schnell aus. Ich war aber ohne Empfehlungen gekommen, lebte ohne nähere Bekanntschaft mit ausgezeichneten Künstlern, auf der Akademie war für die Landschaftsmalerei gar kein Lehrer, noch Raum: so war ich mir wieder selbst überlassen. Obgleich ich zwar mit mehr Überlegung und Wahl arbeitete, so blieb ich doch in technischer Ausführung zurück. Ich unternahm große Kartons und Bilder, welche ihres Gedankenreichtums wegen den Künstlern gefielen; fertigmachen aber konnte ich sie nicht, hatte auch keinen besondern Trieb dazu; wenn ein Bild gezeichnet, angelegt und in einige Beleuchtung und Haltung gebracht, somit der Hauptgedanke ausgesprochen war, so drängte sich mir schon wieder ein anderes auf, und das erste blieb liegen. Dazu kam, daß ich durch die Stoffe der vielen Kunstwerke, die ich in München sah, auf die poetische Literatur geführt wurde. Das Nibelungenlied war mir neu und imponierte mir, Romantisches und Klassisches drang in verworrenen Massen auf mich ein, das persönliche Leben und der Umgang mit deutschen Künstlern, Künstlerfeste und dergleichen weckten und unterhielten Stimmungen und Anschauungen in mir, die ich vorher oft geahnt und nun in schönster Genüge hatte, aus denen ich aber zu klarem Bewußtsein herauszukommen strebte; und, unwillkürlich auf eine geordnetere und anhaltende Lektüre geraten, trieb ich meiner Kunst und meinen Verhältnissen ziemlich fremde Studien zu einer Zeit, wo ich mich doppelt hätte zusammennehmen müssen, um die Not, welche vor der Türe stand, abzuhalten. Diese brach wirklich herein und machte mein Leben auch in dieser Beziehung ziemlich pikant und poetisch. Zuletzt schlug die Sache aber allzusehr in Prosa über, und ich war genötigt, die Zuflucht wieder ins mütterliche Haus zu nehmen, mit dem Vorsatze, sobald als möglich zurückzukehren und die Sache gescheiter als bisher zu treiben.

Ich befand mich in großer Niedergeschlagenheit, als ich im Herbst 1842 nach Zürich zurückkehrte, und mein einziges Trachten war München. Es wollte sich aber nichts zeigen, welches mir die Rückkehr möglich machte.

Da machte ich von ungefähr im Frühling 1843 einige Verse, die ersten fast in meinem Leben, und war sehr verwundert über die Leichtigkeit, womit sie mir gelangen. Sogleich fiel ich auf den wunderlichen Einfall, einen Band Gedichte herauszugeben und mit dem Gelde, welches ich dafür erhalten würde, nach München zurückzukehren. Ich dichtete den ganzen Sommer und Herbst über tüchtig darauf los. Die Zeitereignisse führten noch die Politik in den Kreis meines Bewußtseins. Als ich einen ziemlichen Pack Reimereien beieinander hatte, überschickte ich sie Professor Follen und bat ihn mit angstvoller Erwartung um Entscheidung über Sein oder Nichtsein dieser Versuche, wie schon viele meiner Landsleute vor mir; denn er ist zu seiner großen Unbequemlichkeit das Orakel der poetischen Anfänger in der Schweiz geworden. Er fand das meiste meiner Sachen unbrauchbar, das übrige aber gut genug, mich zur entschieden poetischen Laufbahn aufzumuntern. Es wurde gleich einiges in einem Taschenbuche gedruckt, fand günstige Aufnahme und erwarb mir wohlwollende und belehrende Freunde. Ich fing an, mich gründlicher in der Geschichte der deutschen Literatur zu orientieren, und trieb mein eigenes Dichten besonnener als bisher. Insofern schien ich keinen üblen Tausch gemacht zu haben, als ich in der schreibenden Poesie weniger Zeit und Ausdauer zur Bekleidung eines Gedankens brauchte als in der malenden, was meinem Produktionstrieb sehr zusagte. Ob ich wirklich zum Dichter geboren bin und dabei bleiben werde, ob ich wieder zur bildenden Kunst zurückkehren oder gar beides miteinander vereinigen werde, wird die nähere Zukunft lehren. Wenn ich auch keine gelehrte Erziehung genossen habe, so ersetzt mir die Schule eines bewegten Lebens dasjenige, was sich nicht nachholen läßt.

Gottfried Keller

Autobiographie von 1876

(1876)

1

Die autobiographischen Belustigungen der »Gegenwart« fanden bisher, soviel ich wahrgenommen, fast nur unter Herren statt, welche über ihr Leben schrieben, insofern sie es überhaupt mit Schreiben zugebracht. Es handelt sich mithin um ein Bekenntnis, mit wieviel Lust oder Leiden man sich in diese schreibende Welt gestellt sehe und wie man in dieselbe hinein geraten.

Forschen wir nach Stimmen über den Stand des Schreibers im allgemeinen, so tönen dieselben verschieden.

In einem alten Liede heißt es:

Ein feder hintern oren,
zu schreiben zugespitzt,
tut manchem heimlich zoren,
da vorn der schreiber sitzt
für andern knaben allen;
ob man in schreiber heißt,
so tuts den frewlein gfallen
und liebt in allermeist.

Das scheint nicht ungünstig zu lauten; allein in einem andern Liede heißt es:

Mein mueterlein das fraget aber mich:
ob ich wolt ein schreiber? »awe nein!« sprach ich,
»näm ich denn ein schreiber zu einem manne,
so hieß man mich frau schreiberin
und ein dintenzetterin,
wär mir ein schande,
kein er im lande!«

Dies klingt schon weniger vorteilhaft. Freilich scheint es sich in beiden Zeugnissen mehr um Amts-, Rats-oder Gerichtsschreiber zu handeln, um eine Art kleinen Kanzlertumes. Und auch in dieser Richtung haben sich die Dinge geändert. Die Zeit ist lange dahin, da der Schreiber, das Tintenfaß am Gürtel, bei schönem Wetter Hexen und Ketzer verbrannte, einen Ratsschmaus einrichtete, mit Herold und Trompeter durch die Stadt ritt, die Frühlingsmesse auszurufen, oder gar mit dem Banner ausrückte, um als Feldschreiber die glorreiche Züchtigung der Widersächer an den Rat zu berichten. Von alledem ist nicht mehr die Rede. Jahraus und -ein sitzt man am stillen Schreibtisch und kämmt zerzauste Eisenbahnkonzessionen aus oder paragraphiert Gesetzentwürfe, wie sie aus den Zusätzen und Abstimmungen von einem oder zwanzig Dutzenden turbulenter Köpfe hervorgegangen sind, vielleicht in einem kurzen Jahrzehnt zum zweiten und dritten Mal über denselben Gegenstand. Indem man die Promulgation des Neuesten besorgt und in dem abgegriffenen Handexemplar der Gesetzsammlung, das schon von den Randglossen entschlafener Vorgänger bedeckt ist, wieder Seite um Seite aufgehobener Bestimmungen durchstreicht, die man vor wenig Jahren vielleicht selbst in diesem papiernen Tempel aufgehangen hat, empfindet man nicht immer den rechten Respekt vor dem frischen Wehen des Lebens, dem stürmischen Vorschritt des Volkes, der solchen Wechsel bedingt. Der Schreiber fühlt sich nur als Danaide mit dem Wassersieb in der Hand, er sieht nur die Vergänglichkeit der Dinge, hört nur das Abschnarren eines Uhrwerkes, aus welchem die Hemmung weggenommen ist. Für seine Person wäre er friedlich und genügsam; er bedürfte nicht so vieler Änderungen, um mit seinen Nebenmenschen auszukommen, und so sehr er Freiheit und Recht liebt, so wenig liegt ihm an einem bißchen mehr oder weniger Detail, an der ewigen Topfguckerei. Wenn der alte Thorwaldsen etwa aufmerksam gemacht wurde, wie seine Marmorarbeiter die Modelle im einzelnen zuweilen nicht sauber und genau genug ausführten, soll er geantwortet haben, er wisse das wohl, allein es komme ihm hierauf nicht an, er sehe aufs Ganze. Seine Werke seien hoffentlich so beschaffen, daß sie ein bißchen bessere oder schlechtere Ausführung ertragen können.

Mit diesem Gleichnis fallen wir freilich aus dem Ton, da es staatsrechtliche mit künstlerischen Verhältnissen zusammenwirft, wenigstens für das äußere Auge des richtigen Staatsrechtsbeflissenen. Allein es führt bequem aus der amtlichen Schreibstube, die ich nun fünfzehn Jahre bewohnt habe, in die andere, die literarische, hinüber, in die ich vor kurzem zurückgekehrt bin. Indem ich während jener Zeit die Stelle des Staatsschreibers des Kantons Zürich versah, befolgte ich den bekannten Rat, dem poetischen Dasein eine sogenannte bürgerlichsolide Beschäftigung unterzubreiten. Glücklicherweise war es aber weder eine ganze noch eine halbe Sinekure, so daß keine von beiden Tätigkeiten nebensächlich betrieben werden konnte und das Experiment in Gestalt einer langen Pause vor sich gehen mußte, während welcher die eine Richtung fast ganz eingestellt wurde. Gewiß sind viele vortreffliche Einzelsachen und wirkliche Meisterwerke in den Mußestunden neben lebenslanger anderweitiger Berufserfüllung entstanden; es wird aber immer der Umfang oder die Natur solcher Werke die Mutterschaft bloßer Mußestunden von selbst dartun, und wer Volles und Schweres in der Vielzahl mußestündlich glaubt vollbringen zu können, wird, wenn er lange lebt und weise ist, seine Illusion selber noch zerrinnen sehen.

Bei meiner Wenigkeit hat sich nun ein Mittelweg herausgebildet, wenn auch ohne eigentlichen Vorbedacht, indem statt eines lebenslänglich verteilten prosaischen Berufswesens eine Konzentration auf eine Reihe von Jahren, mit Ausschluß jedes empfindsamen Mußelebens, sich eingestellt hat. Als die alte Republik Zürich, welche unter verschiedenem Regimente von jeher solchen mäzenatischen Anwandlungen unterlegen ist, mir das Amt ihres Schreibers gab, mußte ich mich vom ersten bis zum letzten Augenblicke in den Geschäften tummeln und genoß zehn Jahre lang nicht einmal eines Urlaubes, und ich glaube, es ist mir das gesunder gewesen als ein schläfriges System gemischter Bureau- und Mußestunden. Die Anlehnung an jene solide Bürgerlichkeit, an das Holzhacken Chamissos, hat einmal stattgefunden, ihren Dienst getan und kann nun wieder mit einer andern ungeteilten Existenz vertauscht werden, denn die Hauptsache besteht, nach gewonnener Haltung und Elastizität, nicht sowohl in den sicheren Einkünften, als in der entschlossenen Lebensäußerung.

Trete ich jetzt, vielleicht mit hellerem Auge, als in meiner Jugend geschehen, neuerdings in die literarische Welt hinaus, so sieht es freilich auf den ersten Anblick bänglich aus. Der herrschende Industrialismus und die Wut der Maler und Dichter, sich im römischen Cäsarismus, in der sogenannten Dekadenz zu baden, lassen uns fast der Verse Juvenals gedenken:

Wir nun treiben es doch und ziehn im lockeren Staube
Furchen und werfen den Strand mit fruchtlos ackerndem Pflug um.
Suchtest du auch zu fliehn, dich hält im Netze des eitlen
Übels Gewohnheit fest, unheilbar hält in den Banden
Viele der Schreibsucht Leid und verdorrt mit dem krankenden Herzen.

Allein es ist am Ende nicht so schlimm, als es aussieht, und mehr oder weniger stets so gewesen.

Auch sind bei uns, wie in allen Literaturen, jederzeit drei oder vier böse Kerle vorhanden, die wohl wissen, was recht ist, aber unablässig das Gegenteil davon tun, arme Bursche, die einst ihren Eltern nicht gehorcht und später keine Zeit mehr gefunden haben, sich selbst zu erziehen. Diese quälen sich aber selbst am meisten, und man braucht ja nicht hinzusehen. Dagegen ist gewiß, daß noch jetzt jeder, der etwas Rechtes will und kann, in der Regel auch ein anständiger und wohlwollender Gesell ist, der nach getaner Arbeit sein kluges Pfeifchen in Ruhe zu rauchen versteht und nicht immer von bösen Mücken geplagt ist. Diese Zunft bedarf gar keiner besondern persönlichen Geheimbünde; ihre Mitglieder brauchen sich nicht gegenseitig durch fortwährendes Vergleichen und Zänkeln und Eifersüchteln zu ärgern, und es ist jedem vollkommen gleichgültig, ob sein Nebenmann ein großer Raphael oder ein kleiner Niederländer sei, wenn er nur weiß, daß der Mann seine Farben reinlich und ehrlich mischt.

Betrachte ich nun meine geringfügige Gestalt, wie sie in der literarischen Gemeindestube in der Nähe der Türe sitzt, etwas genauer, so gehört sie zu jener zweifelhaften Geisterschar, welche mit zwei Pflügen ackert und in den Nachschlagebüchern den Namen »Maler und Dichter« führt. Sie sind es, bei deren Dichtungen der Philister jeweilen beifällig ausruft: Aha, hier sieht man den Maler! und vor deren Gemälden: Hier sieht man den Dichter! Die Naiveren unter ihnen tun sich wohl etwas zugute auf solches Lob; andere aber, die ihren Lessing nicht vergessen, fühlen sich ihr Leben lang davon beunruhigt, und es juckt sie stets irgendwo, wenn man von der Sache spricht. Jene blasen behaglich auf der Doppelflöte fort, diese entsagen bei erster Gelegenheit dem einen Rohr, so leid es ihnen tut.

Die Frage des Berufenseins läßt sich nach meiner Meinung mit dem trivial scheinenden Satze beantworten: Dasjenige, was dem Menschen zukommt, kann er bis zu einem gewissen Grade schon im Anfang, ohne es sichtlich gelernt zu haben oder wenigstens ohne daß ihm das Lernen schwer fällt; dasjenige, dessen Erlernung ihm schon im Anfange Verdruß macht und nicht recht vonstatten gehen will, kommt ihm nicht zu. Unfähige Lehrer können allerdings manche täuschende Störung und Umdrehung dieses Verhältnisses bewirken, indem sie im einen Falle unverdient einschüchtern, im andern aufmuntern; der schließliche Erfolg wird immer der gleiche sein. Daß das eigentliche Lernen erst dort beginnt, wo die Schulbank ihr Ende hat und die Stilfrage auftritt, ist eine Sache für sich.

In sehr früher Zeit, schon mit dem fünfzehnten Jahre, wendete ich mich der Kunst zu, soviel ich beurteilen kann, weil es dem halben Kinde als das Buntere und Lustigere erschien, abgesehen davon, daß es sich um eine beruflich bestimmte Tätigkeit handelte. Denn ein »Kunstmaler« zu werden, war, wenn auch schlecht empfohlen, doch immerhin bürgerlich zulässig. Der Zufall, daß nur angebliche Landschafter am Orte zugänglich für mich waren, entschied für die Landschaftsmalerei, bei welcher ich denn auch bis ungefähr ins dreiundzwanzigste Jahr verblieb, ohne jenes Selbstkönnen und Leichtlernen in den Anfängen und dazu noch stets übel beraten. Vor ein paar Jahrzehnten durfte man noch nicht eine glänzende Kleckserei für eine Landschaft oder überhaupt für ein Bild ausgeben. Dasselbe mußte mit Verständnis gezeichnet und technisch wohl vorbereitet und fertig gemacht sein. Auf der andern Seite gerieten just um jene Zeit die gelehrten Landschaften, welche ohne Farbe mehr einen literarischen Gedanken als ein gutes Stück Natur darstellten, welcher Richtung ich mich eben wegen des Nichtkönnens mit Energie zuwendete, außer Kurs, und es war nicht mehr möglich, mit dergleichen zu Anerkennung oder gar zu einer akademischen Professur zu gelangen.

Während dieser ganzen Zeit und vielleicht schon vom zwölften Jahre an war ich ein fleißiger Leser und Schreiber; ersteres in der Weise, daß ich ganz früh von einem Buche zum andern literarhistorische Stichworte der damals schon verwichenen Periode ablauschte und die entsprechenden Schriften aufsuchte. Zu jener Zeit entleerten sich noch eine Reihe von alten Familienbibliotheken in die Auktionslokale der Antiquare, so daß aus dem reichen Erbe der Vergangenheit junge Adepten leicht zu Büchern gelangen konnten. Es war dies jedoch keine spezifisch zürcherische Erscheinung. Noch jetzt kommen z.B. aus den alten Bergschlössern Graubündens zahlreiche Werke der französischen und spanischen Literatur des 17. und 18. Jahrhunderts auf den antiquarischen Markt. Bern und Basel werden kaum nachstehen, und im ganzen wird man sagen können, daß das schweizerische Patriziat der alten Zeit mit Büchern gut versehen gewesen ist. Dagegen habe ich während meiner amtlichen Tätigkeit bei Steuer- oder Vormundschaftssachen, die vor die Regierung kamen, manche Nachlaßinventare reicher Leute der Gegenwart gesehen, in welchen für einige tausend Franken Silbergeschirr und für dreißig Franken Bücher figurierten.

Was die Schreiberei betrifft, so trat ich, wo sie nötig oder ich durch irgend einen Umstand gereizt wurde, ohne Besinnen jeden Augenblick ein, als ob sich das von selbst verstünde, und lieferte bei jedem Anlaß den verlangten Stiefel. Als ich im dreizehnten Jahr mit Nachbarssöhnchen die üblichen Puppenspiele betrieb und die Stücke zu fehlen begannen, erfand und schrieb ich ohne Anstoß sofort eine Anzahl kleiner Dramen, zu denen ich gleich die Szenerien herstellte. Das größte Vergnügen gewährte der Schmelzofen für einen »Fridolin oder der Gang nach dem Eisenhammer«; hinter dem schwarzen Ofenloch glühte ein rotes Feuermeer, hervorgebracht durch bemaltes Strohpapier und ein dahinter stehendes Lichtchen. Dort wurde der Bösewicht unnachsichtlich hineingeschoben. Dieser Effekt gefiel mir so gut, daß noch jetzt ein Manuskriptchen da ist, welches eine eigentliche Teufels- und Höllenkomödie enthält, deren Dekoration ganz aus feurigen Wänden mit einem dunklen Höhleneingange bestehen sollte, bekleidet mit Totengerippen etc. Das Titelblatt lautet: »Kleine Dramen. I. Der Hexenbund. Nebenspiel für kleine Theater.« Die drohende Fruchtbarkeit hielt jedoch nicht lange vor; denn in demselben Büchlein finde ich nur noch den Anfang eines Schauspiels »Fernando und Bertha oder Geschwistertreue«, in welchem ein Schildknappe Hugo gleich ins Zeug geht, indem er auftritt und zu einem andern sagt: »Nun willkommen also noch einmal, alter Waffenbruder!« und eine längere Rede verständig also endet: »Und nun laß uns fröhlich zusammen den vollen Becher leeren, wie wir vor sechs Jahren es taten!«, und schließlich erscheint noch ein »Plan zu einer Tragödie. Elinzene«. Der Plan besteht aber nur aus einem Personenverzeichnis, worunter ein »Osmann, Oberhaupt der Geistlichkeit, Mufti« und eine »Elinzene, seine einzige Tochter«. Etwa ein Jahr später wurde ich durch ein dramatisches Projekt »Herzog Bernhard von Weimar« in ernstere Aufregung gebracht. Ich war von einer vorzüglich geschriebenen Novelle, die in irgend einem Almanach stand, so erschüttert worden, daß ich dem Helden mit einem recht schönen Trauerspiele glaubte beispringen zu müssen, und die Anfertigung eines ausführlichen Szenariums nach Vorbild der Schillerschen Nachlaßwerke verursachte mir, wie ich mich deutlich erinnere, eine tragisch mitfühlende und gehobene Stimmung. Freilich ließ ich zur Abwechslung mir beikommen, unter meinen vierzehnjährigen Schulgenossen mit allerlei possenhaften Reimereien aufzutreten, was mir leider Beifall und Aufmunterung einiger bösen Nachbaren am Schwanzende der Klasse eintrug.

Mit allen diesen Kindereien war ich jedoch in einer gewissen Selbständigkeit und Ursprünglichkeit geblieben; es war daher keineswegs ein Fortschritt, als ich mit sechzehn Jahren als Kunstschüler einen schriftstellerischen Rückfall verspürte und, nachdem ich die »Emilia Galotti« gelesen hatte, plötzlich wochenlang ein dickes Manuskript mit der krassesten Nachahmung anfüllte. Alle Gestalten, der Fürst, der Höfling, die Maitresse usw. fanden sich vor. Nur war der Vater des virginischen Opfers ein furchtbar ernster Historienmaler mit republikanischer Gesinnung und Witwer, so daß er ganz allein über die Tochter wachen mußte. Indem mein Marinelli dem Fürsten den furchtbar ernsten Charakter des Alten beschrieb, hielt er ihm einen ziemlichen Vortrag über den Unterschied zwischen der Historien- und der Landschaftsmalerei, wie diese ein sorgloses lustiges Völklein hervorbrächte, während jene nur von düsteren, wo nicht blutgierigen Graubärten betrieben würde, mit denen sich nicht spaßen ließe. Wenn das traurige Manuskript mir später in die Hände fiel, so war dies die einzige Stelle, welche mir einige Fröhlichkeit erregte. Noch eine Verbesserung habe ich anzuführen, die ich erfand. Statt Lessings *einer* Orsina schuf ich zwei Maitressen, welche fortwährend miteinander zankten und sich Fußtritte versetzten.

Ebensowenig original waren einige religionsphilosophische Aufsätze und idyllische Naturschilderungen, die ich in Gestalt Jean Paulscher Traumbilder in ein dickes Schreibbuch eintrug. Ich könnte mich nun mit dem besten Willen nicht entsinnen, daß ich bei all diesen von niemand beachteten Schreibereien irgend einen Zukunftszweck oder eine geheime Hoffnung gehegt hätte. Es war vielmehr eine aus sich selbst geborne Übung, die nur um ihrer selbst willen existierte. Als einst das Namensfest eines jungen Mädchens gefeiert wurde und ich meiner kleinen Gabe ein Gedicht beizulegen wünschte, war mir die Angelegenheit so wichtig und feierlich, daß ich gar nicht daran dachte, dergleichen etwa selbst zustande zu bringen, sondern ein kleines Liedchen in einer Anthologie aussuchte und sorgfältig abschrieb.

Zehn Jahre später, als ein Bändchen lyrischer Gedichte von mir herausgegeben wurde, sah man in demselben Dutzende von Phantasie-Liebesliedern, denen es an jedem erlebten Gefühl gebrach, so daß ich sozusagen aus einem Nichts Hunderte von Strophen gebaut hatte. Da war ich nicht mehr so bescheiden und wunderte mich nicht einmal, daß einige davon nun ihrerseits in Anthologien übergingen. Jene erste Schreibepoche aber verlief endlich im stillen, da das reifere Jugendalter nahte und die erwählte Berufsarbeit doch ihre Anforderungen geltend machen, namentlich der Gang in die Fremde angetreten werden mußte. Ohne etwas geworden zu sein, mußte ich nach fast drei Jahren zurückkehren und gedachte mich in der Heimat neu zu kräftigen und durch kühne Erfindungen emporzubringen. Die Kartons zu ein paar poetischen Landschaften waren so umfangreich, daß ich dieselben in meinem alten Malkämmerchen nicht aufstellen konnte, sondern genötigt war, außer dem Hause einen eigenen Raum dafür zu mieten. Es war gerade Winter und jener Raum so unheizbar, mein inneres Feuer für die spröde Kunst auch so gering, daß ich mich meistens an den Ofen zurückzog und in trüber Stimmung über meine fremdartige Lage, hinter jenen Kartonwänden versteckt, die Zeit wieder mit Lesen und Schreiben zuzubringen begann.

Allerlei erlebte Not und die Sorge, welche ich der Mutter bereitete, ohne daß ein gutes Ziel in Aussicht stand, beschäftigten meine Gedanken und mein Gewissen, bis sich die Grübelei in den Vorsatz verwandelte, einen traurigen kleinen Roman zu schreiben über den tragischen Abbruch einer jungen Künstlerlaufbahn, an welcher Mutter und Sohn zugrunde gingen. Dies war meines Wissens der erste schriftstellerische Vorsatz, den ich mit Bewußtsein gefaßt habe, und ich war ungefähr dreiundzwanzig Jahre alt. Es schwebte mir das Bild eines elegisch-lyrischen Buches vor mit heiteren Episoden und einem zypressendunkeln Schlusse, wo alles begraben wurde. Die Mutter kochte unterdessen unverdrossen an ihrem Herde die Suppe, damit ich essen konnte, wenn ich aus meiner seltsamen Werkstatt nach Hause kam.

Als jedoch ein Dutzend Seiten geschrieben waren, gab es unversehens eine klangvolle Störung. Wie früher die Erzeugnisse der letztvergangenen Literatur, las ich jetzt diejenigen der zeitgenössischen. Eines Morgens, als ich im Bette lag, schlug ich den ersten Band der Gedichte Herweghs auf und las. Der neue Klang ergriff mich wie ein Trompetenstoß, der plötzlich ein weites Lager von Heervölkern aufweckt. In den gleichen Tagen fiel mir das Buch »Schutt« von Anastasius Grün in die Hände, und nun begann es in allen Fibern rhythmisch zu leben, so daß ich genug zu tun hatte, die Masse ungebildeter Verse, welche sich täglich und stündlich hervorwälzte, mit rascher Aneignung einiger Poetik zu bewältigen und in Ordnung zu bringen. Es war gerade die Zeit der ersten Sonderbundskämpfe in der Schweiz; das Pathos der Parteileidenschaft war eine Hauptader meiner Dichterei, und das Herz klopfte mir wirklich, wenn ich die zornigen Verse skandierte. Das erste Produkt, welches in einer Zeitung gedruckt wurde, war ein Jesuitenlied, dem es aber schlecht erging; denn eine konservative Nachbarin, die in unserer Stube saß, als das Blatt zum Erstaunen der Frauen gebracht wurde, spuckte beim Vorlesen der greulichen Verse aus und lief davon. Andere Dinge dieser Art folgten, Siegesgesänge über gewonnene Wahlschlachten, Klagen über ungünstige Ereignisse, Aufrufe zu Volksversammlungen, Invektiven wider gegnerische Parteiführer usw., und es kann leider nicht geleugnet werden, daß lediglich diese grobe Seite meiner Produktionen mir schnell Freunde, Gönner und ein gewisses kleines Ansehen erwarb.

Dennoch beklage ich heute noch nicht, daß der Ruf der lebendigen Zeit es war, der mich weckte und meine Lebensrichtung entschied.

Ein Band Gedichte, zu früh gesammelt, erschien im Jahr 1846; er enthielt nichts als etwas Naturstimmung, etwas Freiheits- und etwas Liebeslyrik, entsprechend dem beschränkten Bildungsfelde, auf dem er gewachsen. Ein freundlicher Kreis, in welchem ich aufgetaucht war, schlug, wie es zu gehen pflegt, weitere Wellen und Wellchen und fütterte mich mit den schönsten Hoffnungen. Kurz, ich lebte in gedrängtester Zeitfrist alle Phasen eines erhitzten und gehätschelten jungen Lyrikers durch und blieb wohl nur wenige von den Torheiten und Ungezogenheiten schuldig, die einem solchen anhaften.

Da kam das Jahr 1848, und mit ihm zerstoben Freunde, Hoffnungen und Teilnahme nach allen Winden, und meine junge Lyrik saß frierend auf der Heide. Nur einige ernstere Gelehrte und Magistrate, aus Deutschen und Schweizern gemischt, die still zugesehen hatten, zeigten sich und veranlaßten nun, daß ich mit einem Staatsstipendium auf Reisen gesandt wurde, um nachträglich auch noch etwas zu lernen. Mein Malkasten war längst zugeschlossen und jenes unheizbare Atelier verlassen, und so zog ich zum zweiten Male aus, um an deutschen Schulen, wo es gut schien, meinen Aufenthalt zu nehmen.

Auf diesen Fahrten nahm ich den einst angefangenen Roman wieder zur Hand, dessen Titel »Der grüne Heinrich« schon existierte. Ich gedachte immer noch, nur einen mäßigen Band zu schreiben; wie ich aber etwas vorrückte, fiel mir ein, die Jugendgeschichte des Helden oder vielmehr Nichthelden als Autobiographie einzuschalten mit Anlehnung an Selbsterfahrenes und -empfundenes. Ich kam darüber in ein solches Fabulieren hinein, daß das Buch vier Bände stark und ganz unförmlich wurde. Ursache hievon war, daß ich eine unbezwingliche Lust daran fand, in der vorgerückten Tageszeit einen Lebensmorgen zu erfinden, den ich nicht gelebt hatte, oder, richtiger gesagt, die dürftigen Keime und Ansätze zu meinem Vergnügen poetisch auswachsen zu lassen. Jedoch ist die eigentliche Kindheit, sogar das Anekdotische darin, so gut wie wahr, hier und da bloß, in einem letzten Anfluge von Nachahmungstrieb, von der konfessionellen Herbigkeit Rousseaus angehaucht, obgleich nicht allzu stark. Es gibt Leute, welche fast alle möglichen Untugenden in blinder Kindheit antizipieren und wie Kinderkrankheiten ausschwitzen, während z.B. zu wetten ist, daß ein recht fleißiger und solider Gründer, der Millionen stiehlt, als Kind niemals die Schule geschwänzt, nie gelogen und nie seine Sparbüchse geplündert hat.

Dagegen ist die reifere Jugend des grünen Heinrich zum größten Teile ein Spiel der ergänzenden Phantasie und sind namentlich die beiden Frauengestalten gedichtete Bilder der Gegensätze, wie sie im erwachenden Leben des Menschen sich bestreiten.

Endlich aber mußte das Buch doch ein Ende erreichen. Der Verleger, welcher sich erst über die unverhoffte Ausdehnung und das langsame Vorrücken desselben beschwert hatte, interessierte sich zuletzt für den wunderlichen Helden und flehte, als Vertreter seiner Abnehmer, um dessen Leben. Allein hier blieb ich pedantisch an dem ursprünglichen Plane hangen, ohne doch eine einheitliche und harmonische Form herzustellen. Der einmal beschlossene Untergang wurde durchgeführt, teils in der Absicht eines gründlichen Rechnungsabschlusses, teils aus melancholischer Laune. Ich nahm die Sache auch insofern von der leichten Seite, als ich dachte, man werde den sogenannten Roman eben als ein Buch nehmen, in welchem mancherlei lesbare Dinge ständen, wie man sich Lesedramen gefallen läßt. So wurde der grüne Heinrich also begraben.

Allein er schläft nicht sehr ruhig; denn wie ich höre wird der arme Kerl in den Mädchenpensionaten, wenn der Sprach- und Literaturlehrer auf das Kapitel des Romanes kommt, stets heraufbeschworen und vor die unaufmerksamen Schülerinnen hingestellt, herumgedreht, hin- und hergeführt und muß als abschreckendes Beispiel dienen, wie ein guter Roman nicht beschaffen sein soll, und es hilft gegen diese grausame Belästigung nicht der Umstand, daß der Ärmste ja mittelst der eigenen Vorrede die Erklärung in der Tasche mit sich führt, daß er kein rechter Roman sei.

Wenn auch ein schlechter, so war ich bei der Dicke des Buches nun doch ein Schriftsteller und begab mich mit dieser letzten verspäteten Jugendstudie wieder über den Rhein zurück.

Gottfried Keller

Autobiographie von 1889

Gottfried Keller ist geboren am 19. Juli 1819 in Zürich als Sohn des Drechslermeisters Rudolf Keller von Glattfelden, der 1817 nach der genannten Stadt gezogen war, aber schon im Jahre 1824 im Alter von dreiunddreißig Jahren starb und seine Witwe Elisabeth, geborene Scheuchzer von Zürich, mit zwei Kindern, dem fünfjährigen Knaben und einem dreijährigen Töchterchen hinterließ. Letzteres, nachdem es seit dem Tode der Mutter ein Vierteljahrhundert allein mit dem Bruder zusammen gelebt, ist im Herbst 1888 sechsundsechzigjährig gestorben.

Den Knaben wußte die Mutter bis zum Beginn des sechzehnten Jahres durch die Schulen zu bringen und ihm dann die Berufswahl nach seinen unerfahrenen Wünschen zu gewähren. Im Herbst 1834 kam er zu einem sogenannten Kunstmaler in die Lehre, erhielt später den Unterricht eines wirklichen Künstlers, der aber, von allerlei Unstern verfolgt, auch geistig gestört war und Zürich verlassen mußte. So erreichte Gottfried sein zwanzigstes Jahr, nicht ohne Unterbrechung des Malerwesens durch anhaltendes Bücherlesen und Anfüllen wunderlicher Schreibebücher, ergriff dann aber mit Ostern 1840 auf eigenen und fremden Rat den Wanderstab, um aus dem unsichern Tun hinauszukommen und in der Kunststadt München den rechten Weg zu suchen. Allein er fand ihn nicht und sah sich genötigt, gegen Ende des Jahres 1842 die Heimat wieder aufzusuchen. Während er hier seine Bestrebung im Komponieren großer Phantasielandschaften von neuem aufzunehmen glaubte, geriet er hinter seinen Staffeleien unversehens auf ein eifriges Reimen und Dichten, so daß ziemlich rasch eine nicht eben bescheidene Menge von lyrischen Skripturen vorhanden war.

Um diese Zeit lebte A.A.L. Follen in Hottingen, der vom Wartburgfeste her wegen seiner schönen Gestalt deutscher Kaiser genannt wurde, wie die Sage ging. Er war an der von Julius Fröbel gegründeten Verlagsbuchhandlung »Literarisches Comptoir in Zürich und Winterthur« beteiligt, welche später auch Arnold Ruge nach Zürich zog, als seinen Reformplänen dienend.

Follen, welchem Gottfried Keller nach Art junger Anfänger seinen Erstlingsvorrat vorgelegt, sichtete diese Papiere und veranlaßte die Aufnahme eines Teiles in das vom Literarischen Comptoir herausgegebene »Deutsche Taschenbuch auf das Jahr 1845«, das poetische Beiträge von Hoffmann von Fallersleben, Robert Prutz u.a. brachte. Der zweite und letzte Jahrgang 1846 enthielt einen weiteren Teil, und ein inzwischen entstandener Zyklus von Liedern erschien im Stuttgarter Morgenblatt. Aus diesen Bestandteilen redigierte Follen, der die Sache väterlich an Hand genommen und führte, den ersten Band von Gottfried Kellers Gedichten, der 1846 in Heidelberg erschien.

Um diesen Übergang zur Literatur zu bekräftigen, begann er ein und anderes Kollegium an der Universität zu hören, so Herbartische Psychologie und Geschichte der Philosophie bei Bobrik, und zwar ohne genügende Vorbildung, und tat sich auch sonst etwa bequemlich um, wie ungezogene Lyriker zu tun pflegen. Nur das Dichten trieb er, ebenfalls nach der Weise solcher, gewissenhaft weiter, als ob jeder Tag ohne Vers verloren wäre. Die Aufregungen des Sonderbundskrieges und der darauf folgenden Februar-und Märzrevolutionen verrückten aber den Dichtern den Kompaß und stellten die Zeitlyrik eine Weile kalt. Die einen saßen in den Parlamenten, die andern vertauschten die Poesie mit mißlichen Kriegstaten, für Gottfried Keller eröffnete sich der Ausweg, daß ihm von Seite der Kantonsregierung ein Reisestipendium behufs einer Orientfahrt zur Gewinnung »bedeutender Eindrücke« angeboten wurde, übrigens ohne bestimmteren Zweck. Um solche Reise nutzbringender zu machen, wurde ihm freigestellt, vorher ein Jahr zur Vorbereitung auf einer deutschen Universität zuzubringen. Demnach begab er sich im Herbst 1848 nach Heidelberg; allein statt den ägyptologischen und babylonischen Dingen nachzugehen, ging er denjenigen nach, welche den Tag bewegten und von der Jugend gerühmt wurden. Bei Hermann Hettner, dem er persönlich befreundet wurde, hörte er dessen jugendlich lebendige Vorträge über deutsche Literaturgeschichte, Ästhetik und ein Publikum über Spinoza, bei Henle Anthropologie, bei Ludwig Häußer deutsche Geschichte und als Unikum in seiner Art die Vorträge Ludwig Feuerbachs über das Wesen des Christentums, welche dieser, von einem Teil der Studentenschaft herberufen, auf dem Rathaussaale vor einem Publikum von Arbeitern, Studenten und Bürgern hielt. Durch all das geriet Keller so in den Fluß der Gegenwart hinein, daß er vor Ablauf des Winterhalbjahres schon nach Hause schrieb, ob er das zweite Reisejahr statt in Ägypten, Palästina und der Enden in Deutschland, z.B. in Berlin zubringen dürfte, was ihm sofort bewilligt wurde. Wegen der politischen Ereignisse des Jahres 1849, vorzüglich des badischen Aufstandes, war in diesem Jahre aber in Ortsveränderungen nicht viel zu tun, als bei aller Teilnahme das Mitleid zu empfinden, das der Anblick abgefallener, in ihrem Bewußtsein irre gewordener Truppen unter allen Umständen erweckt, wenn sie von fremder Hand hin und her geworfen werden. So wurde es Ostern 1850, bis Gottfried Keller den Rhein hinunterfuhr und in Berlin anlangte mit der Befugnis, dort noch ein Jahr nach Gutfinden der Pflege seiner literarischen Instinkte zu leben, zu sehen und zu hören, was denselben entgegenzukommen schien. Es geschah aber nicht viel mehr, als daß er sich in dramaturgische Studien zu vertiefen suchte, indem er so oft als möglich in die Theater ging und nachher an Hand des mitgenommenen Zettels, den er aufbewahrte, eine Reihe von Betrachtungen und Folgerungen schrieb, die er für sich aufbehielt. Zugleich aber begann er den Roman »Grüner Heinrich« zu schreiben, zu welchem einige Anfänge vorlagen. Die vier Bände dieses Buches erschienen 1854; denn es wurde Herbst 1855, bis er von Berlin wieder heimreiste. Im Jahre 1851 erschienen die »Neueren Gedichte«, außerdem schrieb er in Berlin noch den ersten Band der »Leute von Seldwyla«, der 1856 ans Licht trat. Manches wurde zwischenhinein getrieben und entworfen, so auch die ersten Kapitel des »Sinngedichts«, das aber erst in den siebziger Jahren vollendet, das heißt im ganzen verfaßt wurde. Weil nun mit dem Jahr 1850 auch die Stipendiengelder zu fließen aufgehört hatten und damals die Honorareinnahmen für junge Leute noch spärlich waren, so geriet Gottfried Keller in allerlei Nöte von jener Art, die man nicht sieht, bis sie da sind. Im Jahr 1855 kehrte er endlich nach Zürich zurück, ein erweitertes Bewußtsein mit sich nehmend und in Deutschland gewonnene Freundeskreise zurücklassend.

In Berlin hatte er noch die »Sieben Legenden« begonnen und schrieb sie nun zu Hause fertig. Gedruckt wurden sie erst 1872. Sodann schrieb er einen Teil der neueren Seldwyler Erzählungen, sowie für Berthold Auerbachs Volkskalender »Das Fähnlein der sieben Aufrechten«, welches Opus als Ausdruck der Zufriedenheit mit den vaterländischen Zuständen gelten konnte, als Freude über den Besitz der neuen Bundesverfassung! Es war der schöne Augenblick, wo man der unerbittlichen Konsequenzen, welche alle Dinge hinter sich herschleppen, nicht bewußt ist und die Welt für gut und fertig ansieht.

Im Jahr 1861 war die Stelle des ersten Staatsschreibers neu zu besetzen. In Folge einer an ihn ergangenen Aufforderung bewarb sich Gottfried Keller, der nicht daran gedacht, um die Stelle und wurde von der Regierung mit fünf gegen drei Stimmen gewählt, was im gleichen Verhältnisse gebilligt und getadelt wurde. Er bekleidete das Amt während fünfzehn Jahren und legte es anno 1876 in dem Augenblicke nieder, in welchem er sich überzeugt hatte, daß er die schwindenden Jahre mit besserem Erfolg als früher den literarischen Arbeiten widmen könne.

Diese wieder aufnehmend gab er die Zürchernovellen heraus (1878), dann den umgearbeiteten Roman »Der grüne Heinrich« in einheitlicher autobiographischer Form und bedeutend gelichtet (1879), im Jahr 1881 den Novellenzyklus »Das Sinngedicht«, 1883 die »Gesammelten Gedichte« und 1886 den Roman »Martin Salander«, der durch Ungunst der Verhältnisse seines ausführlichen Schlusses ermangelte und statt desselben einem selbständigen Buche rufen dürfte.

Im Sommer 1889 begann die Ausgabe der gesammelten Werke Gottfried Kellers zu herabgesetztem Preise in zehn Bänden. Ferner dürften einige jener dramatischen Projekte aus den jüngern Jahren in Gestalt von Erzählungen erscheinen, um die so lange Jahre vorgeschwebten Stoffe oder Erfindungen wenigstens als Schatten der Erinnerung zu erhalten und zu gewahren, ob die Welt vielleicht doch ein ausgelöschtes Lampenlicht darin erkennen wolle. Sollte es der Fall sein, wäre der Schaden, wo die Bühne wie ein Dornröschen von dem abschreckenden Verfallsgeschrei umschanzt ist, nicht groß.